FOLIO CADET

Mise en couleurs d'Alexis Ferrier

Supplément réalisé avec la collaboration
de Dominique Boutel et Anne Panzani

ISBN : 2-07-052465-5
© Éditions Gallimard, 1996, pour le texte et les illustrations
© Éditions Gallimard Jeunesse, 1999, pour la présente édition
Loi n° 49-956 du 16 juillet 1949 sur les publications
destinées à la jeunesse
Numéro d'édition : 95550
Premier dépôt légal : mai 1996
Dépôt légal : mars 2000
Imprimé en Italie par Editoriale Lloyd

Les aventures de la famille Motordu

Pef

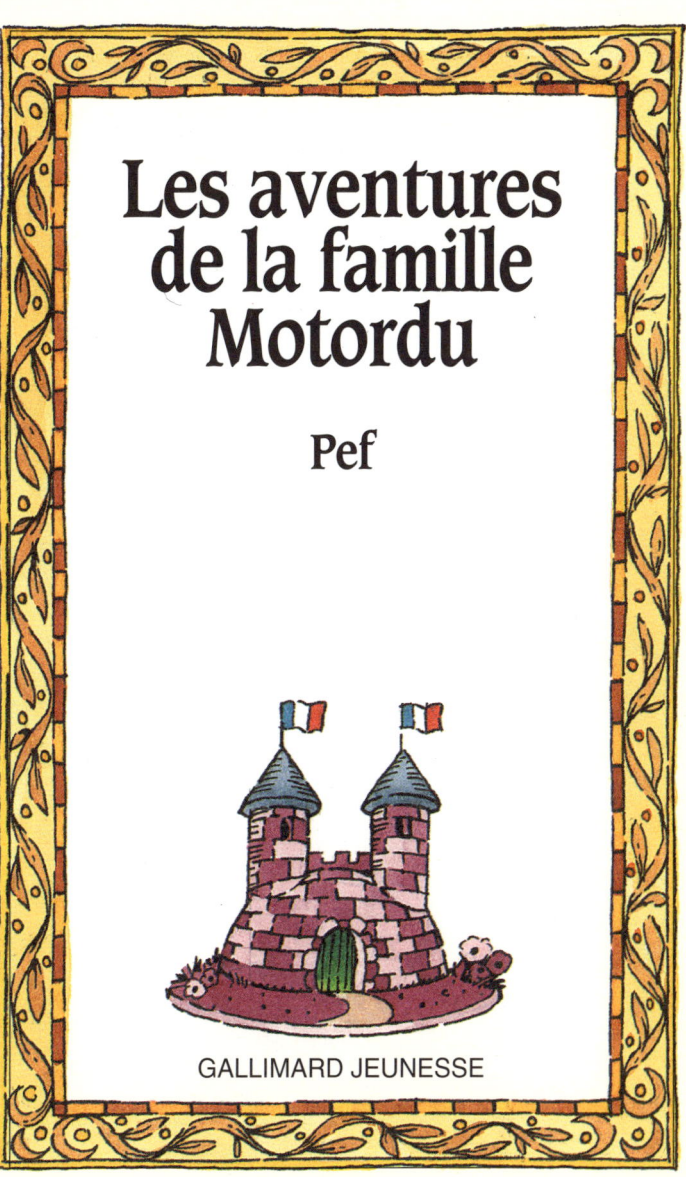

GALLIMARD JEUNESSE

Les mots tortues
En notre bouche
Ont la couleur
Du rouge à lièvre

Les colles étant terminées, au début du mois de jouer, les enfants du Prince de Motordu et de la Princesse Dézécolle se sentirent libres.

Les grandes balances étaient enfin arrivées :

– Ce n'est pas trop d'eau, rugit le petit Nid-de-Koala en souriant au beau soleil d'été !

– Tu as mille fois saison, confirma sa grande sœur, Marie-Parlotte, en contemplant les papillons volets contre le mur.

Son frère était ravi :

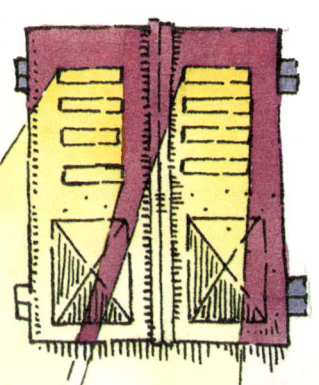

– On pourra dormir autant qu'on voudra. Même la lumière du sommeil à travers les violets, ne pourra nous réveiller !

— Tu parles, répliqua Marie-Parlotte, en osant les épaules, les grandes balances, c'est tout à fait autre pause. Ah, partir, découvrir... !

— Non, dormir, c'est si couette, protesta Nid-de-Koala !

— Il suffit ! s'écria le Prince de Motordu, vous m'empêchez de retrouver mes tartes routières. Où les ai-je mangées ?

– N'en faites pas tout un plat, protesta la Princesse, je les ai aperçues quand j'étais sous la bouche, se souvint-elle. A côté des serviettes de pain. Ce n'est vraiment pas leur place !

Motordu soupira. Avait-il sa place dans ce monde où il faut manger ses affaires au moins trois fois par jour ?

– Je suis désordre, admit-il, mais plein de bonne volonté.

C'est pourquoi il remercia sa mie, et pria chacun de ne pas s'énerver :

– Passons affable, j'ai faim !

Aussitôt après avoir loupé (le poulet avait un poil trop crié !) toute la famille se concerta pour savoir où elle irait passer ses balances :

– Chez la grande mer ! cria, enthousiaste, le petit Nid-de-Koala. Comme chaque année elle me fera des bonnes tartines de bain et de peur avec des petits morceaux de chaud coca-cola dessus ! Elle ne me

dispute jamais, même si, à cause de mes bêtises, elle m'appelle son petit-vice. Il est vrai qu'avoir des vis dans la peau, ça rend infernal. Chacun sait que toi, Marie-Parlotte, tu es une petite bille modèle et que, pour toi, tout tourne rond.

— Ouais, mais moi, je déteste la montagne et ses poissons, protesta Marie-Parlotte.

— Des poissons à la montagne ? s'étonna sa maman tout de même institutrice.

– Ben, maman, tu n'as jamais entendu parler du Thon blanc et du massif des Piranhas avec toutes leurs arêtes pointues ?

– Tu veux plutôt évoquer les Pyrénées ! rectifia la Princesse Dézécolle.

Toujours est-il que la famille ne parvenait pas à se mettre d'accord. Alors le Prince prit la parole :

– Puisqu'il en est ainsi, nous partirons à la devanture !

– A la devanture, ouais, acquiesça Nid-de-Koala. Moi j'aime les devantures de Robin des Mois, et aussi quand le gros pinson crut Zoë ! Ça, c'est de la devanture !

– Vous voulez dire que nous partirions à l'aventure, tenta de corriger encore la Princesse.

– Pas du fou, répliqua le Prince de Motordu, le paysage de nos balances, nous le verrons défiler derrière les vitres de notre voiture, comme s'il s'agissait d'un immense magasin à l'infinie vitrine. C'est cela, aller à la devanture !

Assez lourdement chargée, la toiture de nos héros circulait depuis les premières heures de la patinée. (Il y avait un peu de boue sur l'auto-croûte...)

Le trafic était dense mais futile, la plupart des conducteurs essayant de se doubler et de se redoubler sans être avancés pour autant.

Les quatre peintures de sécurité, bien accrochées, étaient très décoratives mais la Princesse s'agitait sur son siège. En effet, la lumière du soleil la gênait considérablement.

– A qui faites-vous de l'œil, douce amie ? s'enquit le Prince.

– Euh, je cligne au temps superbe qui s'annonce, répondit-elle.

Marie-Parlotte et le petit Nid-de-Koala, de plus en plus rassis à l'arrière, mâchaient leur tasse-route au jambon et au bornage, ce qui valait mieux que d'avaler des kilomètres !

Le Prince relaya son épouse en profitant d'un arrêt à une station service pour faire le bain d'essence.

Il chercha alors à se reconnaître dans le paysage.

– Mais où sommes-nous ? s'enquit-il sans lâcher son collant, sinon pour actionner le levier de l'ivresse situé saoul le volant.

– Où sommes-nous ? reprit la Princesse, eh bien, ici, là, ou ailleurs, j'hésite !

– Alors quittons ces doutes encombrés, décida le Prince embêtant son clignotant.

Heureusement on était à la faim de l'autoroute :

– Petit appétit, on en a fait, du chemin ! mastiqua Nid-de-Koala.

Pendant tout le trajet, Marie-Parlotte avait chanté pour lasser le temps.

Un peu agacés, les autres passagers refusèrent d'écouter pour la millième fois l'histoire du bon roi Dagobert qui avait pris l'autoroute en marche arrière.

– Je connais aussi celle-là, annonça Marie-Parlotte : « *Plus de bon tabac, me dit l'infirmière. Plus de bon tabac, tu n'en n'auras pas…* »

Le soleil écrasait le pays sage qui, tout entier, semblait faire la sieste dans les près ou les bottes de loin.

Le Prince rangea la toiture sur le côté. Le silence était merveilleux ! Seul à régner : le chant des mygales dans les pins et les platanes.

Marie-Parlotte et le petit Nid-de-Koala, tout excités, tournaient autour de la voiture :

— Ne touchez pas au bouton du réservoir ! avertit la Princesse. Attention, Nid-de-Koala, tu vas te brûler si tu touches au pot des jappements ! Viens plutôt manger le délicieux royal sandwich au fort mage que je t'ai promis tout à l'heure.

– Mes enfants, mes enfants, j'aperçois au coin la Botte d'Azur ! s'écria le Prince en se haussant sur la pointe des biais.

La Princesse Dézécolle était aussi enthousiaste que raisonnable :

– La fameuse Botte d'Azur, Sire ? Ah, je mets vite ma crème polaire pour éviter les fous de soleil !

Le voyage se poursuivit.

– Le premier de nous deux qui boit la mer a le droit de rincer le bras de l'autre, déclara Marie-Parlotte.

Les Motordu trouvèrent une petite passion de famille à deux lents francs la nuit, le petit des genêts compris.

Les enfants n'étaient pas difficiles à nourrir. Ils se contentaient, la plupart du temps, d'assiettes pleines de bouilles et de cornets de tripes !

Quant à leurs parents ils firent, au bord de la mer, une cure de boissons.

Les premiers jours passèrent très vite mais Marie-Parlotte et son frère eurent bientôt envie de quitter le nord de la mer pour gagner le large.

Le Prince fit alors plaisir à sa famille en louant un petit gâteau à toile.

La Princesse Dézécolle, experte en nautisme, gréa l'esquif de toiles filantes pour en améliorer la vitesse.

Naturellement, le Prince y adjoignit deux boulets de sauvetage pour la sécurité de Marie-Parlotte et de son frère.

Ainsi tous quatre voguèrent de cirque en cirque, ces petites plages discrètes où leurs nez devinrent bien rouges, tels ceux des clowns, car le soleil tapait fort sur les bancs de table !

Tôt le matin le Prince enseignait à ses enfants l'art de la pêche à la vigne. Il ne cessait de promettre :

– C'est ainsi qu'on la grappe, la friture !

Et la pêche à la vigne finit par ramener à bord boissons rouges et autres blancs de boissons.

– Notre père est deux vins, s'extasièrent les apprentis pêcheurs ! Hélas, un soir, le Prince fronça les soucis. Il venait de recevoir un télédrame :

– Mon troupeau de boutons s'est encore écharpé ! Sale cou ! Il faut qu'on file !

– Alors, finis les beaux fours ? reniflèrent son fils et sa fille, très cuits et bien bronzés.

La Princesse Dézécolle, quant à elle, reconnut qu'en balances l'inactivité finissait par lui peser, mais qu'elle n'en faisait pas un gramme :

– J'en ai assez de me battre avec les grilles d'animaux croisés, soupira-t-elle. Les enfants, dites au revoir à vos petits colins et à vos petites collines de vacances. Prenez la graisse de chacun et promettez d'aigrir dès votre retour !

Comme la toiture filait vers d'autres cieux pluvieux, le Prince brancha l'essuie-place et déclara :

– Puisque le travail va reprendre, laissons les sous venir !

– Et moi je me fais une joie de retrouver mon école, ajouta la Princesse, en réglant l'appuie-fête.

Le Prince éclata de rire :

– Traîtresse des écoles, le retour !

A l'arrière Marie-Parlotte et le petit Nid-de-Koala ronronnaient comme des petits tas, serrant contre eux leur zoo et leur petite pelle !

Peut-être rêvaient-ils du bruit des bagues qui avaient bercé leur merveilleux doigt doux !

L'auteur et l'illustrateur

Né en 1939, fils de maîtresse d'école, **Pef** a vécu toute son enfance enfermé dans diverses cours de récréation. Il a appris à lire tout seul mais il lui a fallu un professeur pour apprendre à jouer du violon. N'ayant pu être pilote d'avion ou champion du monde des conducteurs, il a pratiqué divers métiers : journaliste, essayeur de voitures de course, responsable de la vente de parfums pour dames. Ses premiers dessins lui ont valu de ne pas partir risquer sa vie pendant la guerre d'Algérie car il a été réformé pour idiotie mentale. A trente-huit ans et deux enfants, il dédie son premier livre *Moi, ma grand-mère* à la sienne qui se demande quand son petit-fils sera enfin sérieux. Apparemment jamais ! Du coup, Pef décide de devenir auteur-illustrateur à peur entière, car il a le trac. Il invente, en 1980, le personnage du Prince de Motordu, se régale avec *Le Monstre poilu,* écrit par Henriette Bichonnier, fait parler les petites bêtes dans *Rendez-moi mes poux,* ou fait enrager les vrais poètes avec *Attrapoèmes*. Avec la complicité d'Alain Serres, il a créé son premier dessin animé *Les Pastagums* dont les héros sont évidemment… des enfants. Pef parcourt le monde entier à la recherche des glaçons et des billes de toutes les couleurs, de la Guyane à la Nouvelle-Calédonie, en passant par le Québec ou le Liban. Chaque matin du trente-six du mois, Pef court sur les chemins de sa campagne, discute avec les alouettes, les crottes de lapin et les fossiles des Yvelines. Pour se reposer, il poursuit sa collection de maquettes de voitures de sport ou écrit de nouvelles histoires. Comme les couleurs sont difficiles à dompter c'est Geneviève, son épouse, ou Alexis, son fils, qui se chargent de les étaler sur ses dessins. Ses meilleurs amis sont le vent, les nuages et trois petites étoiles qu'il est le seul à connaître.

Motordu sur la botte d'azur

Supplément illustré

Test

Marie-Parlotte et Nid-de-Koala n'ont pas les mêmes idées sur les vacances. Et toi, quel type de vacances préfères-tu ? Pour mieux le savoir, choisis pour chaque question la réponse que tu préfères et reporte-toi ensuite à la page des solutions.

(Réponses page 44)

1 Vive les vacances ! Tu vas pouvoir :
■ dormir
▲ visiter
● jouer

2 Ta destination de rêve :
▲ un pays lointain
● un club de voyage
■ un chalet à la montagne

3 Tu pourras
● rencontrer plein d'amis
▲ découvrir une autre façon de vivre
■ te reposer autant que tu le voudras

4 En vacances, tu détestes :
■ avoir une liste de choses à faire
▲ ne rien faire
● être seul

Test

5 Vacances rime avec :
▲ errance
● ambiance
■ chance

6 En vacances tu n'oublies pas d'emporter :
● un jeu de cartes
▲ un appareil photo
■ un walkman

7 L'activité sportive que tu préfères :
■ la pêche à la ligne
● le volley-ball
▲ la randonnée

8 Des vacances réussies sont avant tout :
■ reposantes
▲ intéressantes
● amusantes

9 Tu y as fait le plein :
■ d'énergie
● de moments agréables
▲ de découvertes

Informations

■ Histoire des balances à la mer

La famille Motordu finit, comme beaucoup de Français, par passer ses vacances à la mer. Au risque de s'entasser sur les plages de la Méditerranée ou de l'Atlantique, la mer attire chaque année des quantités de vacanciers avides de soleil et d'eau chaude. Pourtant la mer n'a pas toujours représenté des images de bonheur. Dévoreuse de pêcheurs, responsable des naufrages, repaires de monstres marins, la mer effrayait les hommes par sa puissance et ses mouvements imprévisibles. On ne prenait la mer que par nécessité et avec appréhension.
Ce sont les médecins qui ont lancé la mode des séjours balnéaires au siècle dernier.
On conseillait aux personnes fatiguées ou souffrantes de consommer de l'eau de mer (!) tous les jours et de se tremper dans

Informations

des bains que l'on réchauffait pour éviter les maladies. Les gens de la bonne société venaient prendre l'air marin afin d'éliminer les microbes accumulés dans les villes. La mer était un bon remède, cela commença à se savoir. Elle devint vite à la mode pour les bien-portants. Certes les stations de bonne réputation divisaient leurs plages en trois zones : ici les femmes, là les hommes et, au milieu, les couples et les familles. Afin de ne pas se montrer en tenue légère, les femmes s'enfermaient dans des cabines que l'on roulait jusqu'au bord des vagues. Elles pouvaient alors se tremper sans risquer de choquer. Les maillots de l'époque n'avaient pourtant rien à voir avec ceux d'aujourd'hui ! Très couvrants, il ne laissaient pas beaucoup de peau à l'air. En effet le bronzage n'était pas du tout à la mode et les femmes se protégeaient du soleil afin de garder la peau la plus blanche possible. Les maillots féminins ressemblaient à d'immenses barboteuses tandis que ceux des hommes s'apparentaient aux costumes marins une seule pièce. Tu vois que les choses ont bien changé pour petits et grands !

Jeux

■ Les animaux croisés

La princesse Dézécolle s'est battue pendant toutes les balances avec ses grilles d'animaux croisés. A toi de prendre le relais ! Il faut pour cela que tu te souviennes bien de l'histoire car les mots tordus que tu vas devoir retrouver dans la grille sont ceux qui manquent au récit du prince !

Si tu as bien trouvé les dix mots manquants, il doit te rester trois lettres qui constituent le nom de quelqu'un que tu connais et aimes beaucoup.
(Réponses page 44)

Les colles étant terminées nous décidâmes de partir en --------
Fatigués des doutes encombrés, nous choisîmes la ----- d'azur comme lieu de villégiature. Nous trouvâmes une petite -------
de famille pas trop chère. Je louai un ------ à ----- pour

Jeux

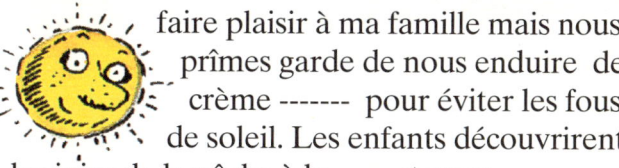

faire plaisir à ma famille mais nous prîmes garde de nous enduire de crème ------- pour éviter les fous de soleil. Les enfants découvrirent les joies de la pêche à la ----- et nous rapportèrent des -------- rouges et blancs. Hélas il fallut rentrer plus tôt pour s'occuper de mon troupeau de ------- qui s'était échappé.
Les enfants dirent au revoir à leurs gentils colins sans oublier de prendre la ------- de chacun !

```
S E C N A L A B
U F E N G I V O
A E E L I O T I
E R I A L O P S
T B O U T O N S
A P E T T O B O
G P A S S I O N
E S S I A R G S
```

Réponses

pages 38 et 39

Compte les ●, les ▲ et les ■ que tu as obtenus.
– Si tu as plus de ●, toi, tu aimes jouer et t'amuser ! Les vacances, c'est fait pour se détendre et rigoler. Ton lieu de vacances t'importe peu, pourvu que tu sois avec un groupe d'amis.
– Si tu as plus de ▲, tu ressembles plus à Marie-Parlotte et tu trouves que les vacances doivent permettre de mener une vie différente, de faire des découvertes intéressantes. Tu aimerais voyager, connaître d'autres horizons.
– Si tu as plus de ■, Comme Nid-de-Koala, tu aimes les vacances reposantes. Tu trouves que l'on court assez pendant l'année ! Tu souhaites prendre ton temps, te faire chouchouter et, surtout, qu'on ne vienne pas t'embêter !

pages 42 et 43

Les animaux croisés :

Tu dois retrouver les dix mots suivants : balances, boissons, gâteau, vigne, toile, polaire, boutons, botte, passion, graisse. Les trois lettres qui restent constituent le nom de PEF.

LA BIBLIOTHÈQUE DU PRINCE DE MOTORDU

La belle lisse poire du Prince de Motordu
n°37

Il était une fois un Prince qui habitait dans un chapeau. Ses parents lui conseillant de se marier, il rencontrera une belle flamme, la toute jeune Princesse Dézécolle.

Le dictionnaire des Mots tordus
n°192

« Une écharde est une pièce d'étoffe qu'on se met autour du clou quand il fait un froid piquant. » Les mots tordus sont une vraie langue. Ils avaient besoin d'un dictionnaire à se tordre... de rire !

Les belles lisses poires de France
n°216

« Le roi Louis Chaise ayant trop fait la fête, on lui supprima son trône. » De Jules lézard aux présidents de la Paix Publique, toute l'histoire de France en mots tordus !

L'ivre de français
n°246

« Je fume... tu fumes... il fume... nous toussons... vous toussez... ils s'arrêtent de fumer ! »

Conjugaisons, poésies, apprentissage du langage. Un litre d'école à avaler d'un coup.

Le livre de nattes
n°240

Les fables de multiplication, les opérations, les problèmes n'auront plus de secret pour les glaçons et les petites billes parlant couramment en mots tordus !

Leçons de géoravie
n°291

La Princesse Dézécolle, sa classe et le Prince de Motordu sillonnent la France pour en étudier les flemmes et les bonds d'âne. Arriveront-ils au bord de la mer à mariée haute ou à mariée basse ?

Cours de silence naturel
n°292

Remplaçant provisoirement son épouse auprès de ses élèves, le Prince de Motordu prétend qu'en chacun de nous tout n'est qu'or humain. S'adresse-t-il au cerceau ou au beurre de ses auditeurs ?

Motordu et le fantôme du chapeau
n°332

Une nuit, la Princesse Dézécolle entend des poux dans le mur... Marie-Parlotte et Nid-de-Koala feront-ils enfin la connaissance de leur ancêtre ?

Motordu a pâle au ventre
n°330
Le diagnostic du docteur est formel : lapin dix huîtres ! Le Prince de Motordu sera opéré. Mais son glaçon et sa bille auront-ils le droit de lui rendre visite à l'hôpital ?

Motordu champignon olympique
n°335
Lancer du manteau, saut en moteur, mare à thons... Le Prince participe aux jeux Olympiques. Marie-Parlotte et Nid-de-Koala se gaveront-ils de mets d'ail ?

Motordu au pas, au trot, au gras dos
n°333
Le Prince et la Princesse Dézécolle offrent une jument à leurs enfants Marie-Parlotte et Nid-de-Koala. « Belle-Chic », tel est son nom, ira où bon lui semble même sur un champ de bourse !

Motordu sur la Botte d'Azur
n°331
Mer ou montagne ? Les balances y sont différentes. Mais au bord de la mer, Marie-Parlotte et Nid-de-Koala apprendront au moins à pêcher à la vigne.

Motordu est le frère Noël
n°335
En pleine nuit on frappe à la porte du chapeau. Le père Noël est en panne ! Aussitôt, le Prince répare le traîneau et devient ainsi le frère Noël.

Motordu et son père Hoquet
n°337
Motordu s'est fait offrir un père hoquet qui fait énormément de bêtes hips. Mais le volatile s'évade et toute la famille se lance à sa poursuite. Celle-ci s'achèvera par une visite du zoo...

Motordu as à la télé
n°336
Le Prince de Motordu, lauréat du grand prix de l'Académique franche chaise est invité à la télé ! Mais Marie-Parlotte et le petit Nid-de-Koala empêcheront-ils leur père de tordre le petit monde télévisuel ?